# Venin

Saneh Sangsuk

# Venin

récit

*Traduit du thaï*
*par Marcel Barang*

Seuil

Ce livre est édité par Vincent Bardet.

Titre original : *Assorrapit*



ISBN 2-02-050139-2



www.seuil.com

Le soir tombait. Le crépuscule était déjà bien avancé. Le rouge foncé du soleil peu à peu s'estompait. Le ciel était limpide comme un dôme de cristal. Au-dessus de l'horizon au couchant, sous le jeu des rayons, de fins lambeaux de nuages prenaient une beauté irréelle. Leurs formes variées titillaient l'imagination. Il se contentait de rester assis, immobile, à regarder ces nuages comme s'il était en transe. Il voyait en eux un enchevêtrement de monts, le moutonnement d'une jungle dense, la ramure d'un grand arbre déchiquetée par la tempête, des collines au profil de jeune fille allongée sur le côté. Il n'avait jamais confié à personne les secrets de son imagination, pas même à sa bande d'amis proches sortis faire paître leurs troupeaux de vaches et tout occupés à jouer avec des moulinets à vent faits de feuilles de laîche. Il regarda ses vaches qui broutaient çà et là en compagnie des vaches de ses amis. Tout en les cherchant du regard, il les comptait. Huit. Le compte y était.

C'est lui qui avait donné un nom à chacune de ses vaches. Son père et sa mère l'avaient laissé libre en la matière et il avait baptisé chaque vache après mûre réflexion. Les quatre premières avaient des noms qui évoquaient la nature : la Plaine et la Rivière et la Jungle et la Montagne. Ça sonnait comme une comptine, en plus. Les deux suivantes avaient des noms de pierres précieuses : l'Opale et l'Émeraude, et quand son père avait acheté deux veaux l'année précédente, il n'avait pas été long à les baptiser l'Argent et l'Or. Ça sonnait comme une comptine, en plus. Chaque fois que son père et sa mère apprenaient le nom d'une vache, ils souriaient, approuvaient sans réserve et adoptaient ce nom. Un soir, son père a dit, *Allons, la Plaine et la Rivière, il est temps de gagner l'étable pour que vous sachiez où se trouve votre litière.* Un soir, sa mère a dit, *L'Argent et l'Or, il est temps de vous comporter en adultes, que je vous mette au labour.* Son père comme sa mère aimaient bien que leurs huit vaches aient de jolis noms bien appariés, et il était tout heureux de faire plaisir à son père et à sa mère. Il était très attaché à ses huit vaches. Si ce n'avait pas été lui qui leur avait donné leur nom, sûr qu'il ne se serait pas senti aussi attaché à elles. Il était leur ami, il était leur seigneur et maître, et c'est bien ainsi que les unes et les autres l'entendaient. Il aimait chacune de ses vaches. Il faisait très attention à ne pas avoir de favorites, à ne pas faire de jalouses. À la saison des semailles, son père se servait de la Plaine et de la Rivière pour passer la herse. Sa mère se servait de la Jungle et de la Montagne pour passer la herse. Lui-même se servait de l'Opale et de l'Émeraude pour passer la herse, et l'Or et l'Argent étaient en réserve pour remplacer tel ou tel couple éreinté ou blessé par l'attelage. Mais il s'efforçait le plus possible de les aimer toutes également. Il n'en avait pas que pour l'Or et l'Argent. Le hersage de la journée terminé, il les baignait soigneusement l'une après l'autre et portait à chacune une brassée d'herbe fraîche. Si ses parents achetaient encore une vache ou deux, c'est ça qui serait bien. Il passait son temps libre à essayer de leur trouver un nom approprié.

Il venait juste d'avoir dix ans en février et de terminer sa huitième. Dans le village, ses amis garçons et filles l'appelaient Patte Folle. Du temps qu'il allait encore à l'école, ses amis l'appelaient déjà Patte Folle. Certains adultes du village aussi l'appelaient Patte Folle. C'était parce que tout son bras droit était paralysé à partir de l'épaule et faisait angle avec son corps. Il ne pouvait pas plier le coude. Tous ses doigts étaient raides et inutilisables, tendus comme des bûchettes. Il ne pouvait ni les écarter ni les replier. Son épaule droite était de guingois et chétive. Mais son bras gauche était musclé et extrêmement puissant. Les doigts de sa main gauche étaient longs, charnus et habiles. Son épaule gauche était solide et musculeuse. Il était toujours prêt à se bagarrer avec les enfants de sa taille ou même un peu plus grands. Il se battait toujours bille en tête, même s'il ne pouvait se servir que d'un bras.

Songwât prenait un malin plaisir à l'appeler avec haine et mépris Patte Folle, Foutue Patte Folle ou cet Enculé de Patte Folle. Il jubilait de stigmatiser aux yeux de tous et à ses propres yeux l'infirmité de l'enfant. Songwât était médium. C'était un homme d'une cinquantaine d'années, râblé, tout en muscles et noir de peau. Avant, il s'appelait simplement Wât, mais voilà qu'un beau jour, cinq ans plus tôt, il avait dit à tout un chacun dans le village que l'esprit de la Mère Sacrée, la puissance protectrice du village, avait décidé de se servir de lui pour se manifester, et qu'il était le seul qui puisse inviter l'esprit de la

Mère Sacrée à s'exprimer par son entremise. Tant au village que dans les hameaux environnants, nombreux furent ceux qui le crurent. Et c'est ainsi que le Wât devint Songwât, Wât le Devin, et qu'il s'enrichit peu à peu sans plus avoir à s'échiner dans la rizière ou à élever vaches et cochons. En séance, quand l'esprit l'habitait, il portait un pagne blanc, une chemise blanche à manches longues, une étole blanche en travers de l'épaule et une fleur rouge à l'oreille. Et quand il parlait, il parlait d'une voix douce de femme, avec de drôles de tournures surannées difficiles à interpréter. Ses manières devenaient celles d'une femme pareillement. En plus, il était capable de danser avec des gestes bizarres et gracieux. C'était une façon de se comporter impressionnante et digne de foi. Si bien qu'il était devenu quelqu'un de puissant et d'influent dans le village, et il était toujours prêt à se servir de son pouvoir et de son influence. Dans la campagne environnante, il y avait plusieurs terrains en friche ouverts à tous, mais Songwât s'en était adjugé le contrôle d'autorité, les entourant d'une clôture et y plantant des arbres, espérant ainsi obtenir leur titre de propriété. Le père de Patte Folle disait que c'était là un comportement égoïste et il critiquait ouvertement Songwât, mais Songwât n'en continuait pas moins de convoiter ces terrains et de chercher à les mettre en valeur pour être éventuellement en mesure de déclarer aux agents du cadastre que, vu que ça faisait longtemps qu'il les entretenait, c'était à lui que devaient revenir les titres de propriété quand ceux-ci deviendraient disponibles.

Son statut de médium de la Mère Sacrée du village faisait de Songwât une personne redoutée, mais le père de l'enfant estropié ne croyait pas que le Wât fût un vrai médium. Il disait toujours que le Wât l'était bon qu'à gruger les imbéciles. C'était la raison pour laquelle Songwât n'aimait pas les parents de Patte Folle et par voie de conséquence ne l'aimait pas non plus. Et Songwât s'est mis à le détester franchement à dater du jour où il a fait un coquart à son fils. (Il l'avait frappé de toutes ses forces, oublieux du fait que l'autre était beaucoup plus grand – l'avait qu'à pas la ramener et me chercher noise, aussi.) Songwât disait toujours que ceux qui insultaient le médium de la Mère Sacrée, c'est comme s'ils insultaient la Mère Sacrée elle-même, et que tôt ou tard ils subiraient un mauvais sort. Songwât disait que si l'enfant était tombé du palmier à sucre deux ans plus tôt, s'il s'était cassé le bras et retrouvé estropié, c'est parce que la main invisible de la Mère Sacrée l'avait poussé.

Deux ans auparavant, alors qu'il avait huit ans et qu'il était en dixième, un jour du début de la saison des pluies, il était sorti avec ses vaches dans les champs et il avait trouvé un palmier à sucre dont les baies étaient à point pour que sa mère les fasse confire. C'était un jeune palmier haut d'environ six mètres, sans pitons de bambou le long du tronc. Il décida d'y grimper. Il tira son couteau de poche de sa ceinture et se le mit entre les dents, essuya ses pieds maculés de boue sèche sur une touffe d'herbe humide et grimpa avec agilité jusqu'à ce qu'il ait presque atteint la couronne. Il ne craignait rien ; la notion de danger ne lui venait pas à l'esprit : des palmiers plus hauts que celui-ci il en avait escaladé. Le faîte du palmier n'était que tiges de palme sèches qui pendaient et obstruaient sa progression. Il lui fallait les arracher pour pouvoir grimper plus haut et cueillir les baies. Aussi, assurant son poids de ses pieds de part et d'autre du tronc, il se servit de sa main gauche pour le crocheter et il se servit de sa main droite pour arracher les tiges sèches au-dessus de sa tête. Le tronc était entièrement recouvert de moisissure verte gluante et glissante. Les tiges qu'il tira de toutes ses forces se détachèrent si vite et si aisément qu'il perdit l'équilibre. Il était en train de se dire, Tudieu, ce que ces saletés s'arrachent facilement. Il n'avait pas fini de formuler sa réflexion qu'il tombait avec les tiges. De surprise, il cria. Le couteau lui tomba de la bouche. Le côté droit de son corps percuta le sol violemment. Il entendit le claquement sec d'un os qui se rompt tandis qu'une douleur fulgurante insupportable le saisissait. Il se tordit sur le sol, dents serrées, et resta ainsi jusqu'à ce que le soleil disparaisse au-delà de l'horizon. Ses vaches (à l'époque, il n'en avait que six) ne voulaient pas rentrer à l'étable en dépit de l'heure tardive. Elles faisaient cercle autour de lui et le regardaient en meuglant, le poussant doucement du museau, lui léchant les membres et le visage de leur langue rugueuse et baveuse, soufflant à grands coups effrayés. Et cela jusqu'à ce que l'étoile du berger apparaisse et que son père arrive sur le lieu de l'accident et le trouve respirant faiblement allongé sur le sol, le corps entièrement couvert de boue, le bras droit raide et disloqué, mais dents toujours serrées et l'œil sec. L'hôpital était trop loin. Le monastère du révérend père Ring, rebouteux renommé, était trop loin aussi. Pour soigner ses contusions, il avait dû boire une décoction amère de *bouabok* pendant tout un mois. Mais son bras droit resta estropié à dater de ce jour-là. C'est pourquoi on l'appelait Patte Folle. C'est pourquoi Songwât n'arrêtait pas de dire que l'accident s'était produit parce que son père ne respectait pas le médium de la Mère Sacrée, et plus d'un estimait que Songwât avait raison et on le respectait et craignait d'autant plus.

Son père et sa mère, eux, ne l'appelaient jamais Patte Folle, mémé Plapplueng, l'accoucheuse, non plus, le révérend père Tiane, abbé du monastère du village, pas davantage, et il pensait toujours à eux avec reconnaissance. Ses parents lui avaient donné le jour et l'élevaient. Mémé Plapplueng l'avait mis au monde et lui avait coupé le cordon ombilical. Le révérend père Tiane lui avait trouvé son nom. Son père avait dit : *Tu veux faire du vélo ? Je vais t'apprendre.* Il avait acquiescé d'un hochement de tête. Et il avait appris à monter à vélo sur la nouvelle bicyclette de son père, qui était rudement haute, presque plus haute que sa tête, et qui en plus avait une barre horizontale au milieu, si bien qu'il devait se faufiler dessous, poser les pieds sur les pédales et saisir le guidon de sa main gauche et de sa main droite bonne à rien. C'était une façon d'apprendre à monter à vélo on ne peut plus incommode. Mais il avait fini par savoir rouler à vélo. S'il s'était entraîné à monter à vélo, c'était pour son père plutôt que pour lui. Quand la saison des pluies fut venue, son père lui dit comme s'il était déjà adulte, *Dis-moi, par quel lopin commencer à labourer la rizière, à ton avis ?* Sa mère le consultait souvent pareillement. Sa mère disait, *La Plaine et la Montagne sont vraiment au bout du rouleau. Demain je prendrai l'Argent et l'Or à la place : qu'est-ce que t'en penses ?* Sa mère tenait sa main gauche pour lui apprendre à écrire une nouvelle fois et supportait ses accès d'humeur puérils quand il s'efforçait de maîtriser une nouvelle fois voyelles et consonnes. Sa mère disait,

*Allons, tu peux le faire, voyons. Avant peu, tu écriras mieux et plus vite que les autres gosses.* Mémé Plapplueng disait, *Viens donc, petit, montre-moi ton zizi,* puis elle l'étreignait, lui ôtait le pantalon pour regarder son zizi et disait, *Certaines parties de ton corps c'est pas ça, mais ton zizi, l'est tout à fait normal et je suis sûre qu'il grandira pour devenir un super zizi à l'avenir.* Il était embarrassé. Il avait honte chaque fois qu'elle faisait et parlait ainsi, mais il comprenait tout à fait que mémé Plapplueng était bien intentionnée à son égard et voulait lui donner confiance en lui-même. Le révérend père Tiane s'intéressait à lui tout particulièrement. Le révérend père Tiane disait, *Alors comme ça, tu aides déjà tes parents à labourer la rizière ?* Il disait, *Dis donc, alors comme ça tu sais déjà monter à vélo ?* Il disait, *Alors comme ça, tu sais déjà écrire de la main gauche ? Montre-moi comment tu recopies cette formule magique de ce livre sur cette feuille que je voie un peu.*

Son père et sa mère et mémé Plapplueng et le

révérend père Tiane ne l'appelaient jamais Patte Folle et lui parlaient toujours avec gentillesse et s'efforçaient toujours de supporter ses maladresses. Aussi les aimait-il tout spécialement. Il avait déjà essayé d'aimer les autres pareillement, mais il s'était aperçu qu'il aimait mieux les gens qui étaient gentils avec lui que les autres. Il s'était aperçu qu'il haïssait Songwât et que Songwât le haïssait pareillement. La nuit de Loï Kratong, il était sorti faire flotter le *kratong* sur le canal derrière chez lui à l'embarcadère sous le grand tamarinier. Il avait porté le *kratong* à son front et avait demandé pardon à la Mère des Eaux pour les affronts commis au cours de l'année. Il l'avait même priée de lui accorder quelques faveurs. Il avait demandé à la Mère des Eaux de faire en sorte que son père et sa mère obtiennent beaucoup de riz de la rizière et vendent le riz à un bon prix, que mémé Plapplueng qui s'apprêtait à déménager du village pour aller vivre avec son petit-fils dans une commune voisine ne déménage pas tout de suite, que le révérend père Tiane qui ces derniers temps était souffrant du fait de son âge avancé recouvre la santé et vive longtemps, et pour finir il avait demandé pour lui-même de ne plus ressentir de haine envers Songwât et que Songwât ne ressente plus de haine envers lui. Ensuite, il avait allumé l'encens et le cierge dans le *kratong* qu'il avait lâché sur l'eau et regardé jusqu'à ce qu'il disparaisse dans le courant à fleur de berge. Quelques jours plus tard, il avait demandé au révérend père Tiane, qui se présentait chez lui pour recevoir l'offrande de nourriture, *Révérend père, pour Loï Kratong, j'ai fait des vœux auprès de la Mère des Eaux. Tout ce qu'on demande, ça se réalise ou pas ?* Le révérend père Tiane n'avait pas répondu tout de suite, mais il lui avait demandé ce qu'il avait souhaité. Après l'avoir écouté, le révérend père Tiane avait souri et il avait dit, *Tout ce que tu as demandé se réalisera. Tout, absolument tout.*

Le crépuscule continuait de tomber. Le ciel au

couchant était d'un rouge violacé éclatant. Les nuages changeaient toujours de forme. Le vent soufflait toujours aussi fort. Il regarda l'étendue immense et nue des champs mordorés s'étirant à perte de vue, parsemée çà et là de bosquets et de palmiers à sucre d'un vert sombre. Il regarda ses vaches. Il y avait toujours le compte. Ses amis avaient cessé de courir de-ci de-là avec leurs moulinets et formaient cercle pour jouer au sepak-takroh avec une vieille balle de rotin toute cabossée, en poussant force exclamations égrillardes. Une autre journée de la fin de saison chaude s'achevait. Il s'étira paresseusement, se leva, ramassa une demi-douzaine de pailles de riz et s'en alla vers le réservoir proche.

C'était une pièce d'eau en rase campagne, très large et très longue, profonde et ancienne, creusée à l'aube des temps pour l'arrosage des rizières environnantes. C'était un lieu d'utilité publique, mais désormais Songwât en avait pris le contrôle. Les quatre bords du réservoir étaient plantés en rangs serrés d'arbres de toutes tailles surfilés de lianes. Dans le réservoir, le niveau d'eau avait considérablement baissé. La surface était recouverte de belles-de-jour et d'autres plantes aquatiques. Sur le côté nord, il y avait un autel de la Mère Sacrée en bois construit en forme de maison traditionnelle thaïe de taille réduite. Dans l'autel, il y avait une statuette sculptée dans le bois représentant une jeune fille assise jambes repliées sur le côté, vêtue d'un sarong moulant qui la recouvrait jusqu'aux pieds et d'une étole couvrant une épaule. Son visage était beau mais doté d'une expression impitoyable terrifiante. Devant la statuette s'alignaient un bac à encens et un chandelier et un vase plein de fleurs sèches. À vrai dire, la Mère Sacrée avait déjà un autel au nord du village, mais Songwât affirmait qu'elle lui avait dit qu'elle en voulait un nouveau. Il le lui avait donc édifié au bord de ce réservoir et il en avait profité pour planter des bananiers et des cocotiers sur une partie de la berge afin de bien montrer qu'il contrôlait le lieu.

L'enfant se dirigea vers le bosquet de bambous au bord du réservoir, près de l'autel de la Mère Sacrée. La fraîcheur qui émanait de l'eau dans le réservoir et des arbres le long des berges semblait l'y convier. Plus on se rapprochait et plus on avait l'impression de pénétrer dans une retraite sereine. Il n'y avait que le sifflement du vent dans les branches, le geignement des tiges de bambou les unes contre les autres, le crissement des feuilles mortes foulées au pied. Le sol était jonché de feuilles de bambou sèches. Un tamarinier mort au tronc énorme gisait tout du long, dénudé et pourrissant, sur ce lit de feuilles. L'enfant au bras estropié s'assit sur le tronc de cet arbre mort et regarda l'autel un moment. Naguère, lui et ses copains venaient constamment se promener au bord de l'eau, y pêcher et attraper des crevettes et cueillir des mangues sauvages. Mais depuis que Songwât y avait établi cet autel, le réservoir (comme le proclamait le médium) était devenu la propriété de la Mère

Sacrée, et même les animaux dans l'eau et la végétation alentour. L'autel lui-même était chose mystérieuse, projetant une aura maléfique, voire dangereuse. L'enfant et ses amis et les gens du village ne s'aventuraient plus dans ses parages, sauf en cas de nécessité absolue.

Avec les pailles de riz dans sa main gauche, l'enfant au bras estropié se mit à fabriquer un ensemble de figurines humaines, se servant de sa main droite pour les maintenir en place et s'aidant parfois de ses deux pieds et de sa bouche. C'était un ensemble de six marionnettes, toutes plus grossières les unes que les autres mais, pour lui, chaque marionnette était la quintessence de l'excellence artistique. Ça c'était un ascète, ça un roi, et puis deux princes et puis deux clowns, le Perroquet et le Vieux. Les marionnettes de l'ascète, du roi et des deux princes n'avaient qu'un lointain rapport avec la réalité, mais celles du Perroquet et du Vieux, il savait bien qu'il les avait réussies. Les deux clowns étaient des gens ordinaires, ils n'avaient rien de personnages de fable. Le Perroquet, il avait une tête et une coiffure qui le faisaient ressembler à une vache. Le Vieux, il avait une tête et une coiffure qui faisaient penser à un crocodile.

Il se disait qu'il allait jouer aux marionnettes du théâtre d'ombres. Il prenait ses jeux au sérieux, quels qu'ils soient, et s'y adonnait entièrement. Il adorait regarder les marionnettes du théâtre d'ombres. Quand un montreur de marionnettes donnait une représentation dans le village ou dans les hameaux environnants, il ne la manquait pas. Il grimpait derrière la scène et regardait la façon de travailler du montreur et des musiciens. Il était extrêmement impressionné lorsqu'il voyait le montreur assis en tailleur dans la lumière aveuglante, le corps baigné de sueur, les deux mains animant les marionnettes, la bouche filant une chanson, des bouts rimés, des répliques de dialogue. Il avait mémorisé quantité de bouts rimés, de chansons et de gags de montreur. Il rêvait de devenir montreur de marionnettes quand il serait grand, même s'il ne pourrait se servir que d'un bras seulement.

À présent, il se trouvait donc assis, dos tourné au soleil qui s'enfonçait à l'horizon. Le soleil serait sa lampe-tempête. L'espace vide devant lui serait son écran. Il cala la figurine de l'ascète contre une jointure du tronc du tamarinier mort et s'apprêta à procéder à la cérémonie d'hommage au maître instructeur. Il n'y avait pas de spectateurs, mais il ne se bilait pas. Il savait pertinemment que ses amis qui jouaient faute de mieux avec leur balle de rotin finiraient bien par venir le voir. C'était comme ça chaque fois qu'il jouait aux marionnettes. Tous le regardaient avec une admiration mêlée de jalousie. En l'occurrence, aucun de ses amis ne lui arrivait à la cheville, parce qu'un jour il serait un montreur de marionnettes qui maintiendrait des milliers de gens subjugués d'un crépuscule à l'autre. Il entonna le péan au maître instructeur d'une voix retentissante et claire.

*Mains jointes et l'esprit dégagé*
*Je salue les maîtres blanchis sous le harnais*
*Qui savent tout sur tout au point d'être gagas*
*Je salue humblement le Fossoyeur*
*À tu et à toi avec les esprits supérieurs...*

Au bout d'une vingtaine de vers, il releva la tête. Ses amis étaient là. Sept en tout. Tous plus basanés les uns que les autres, vêtus de hardes sombres, pieds nus, tous coiffés d'un chapeau tressé à large bord et bâton à la main, les uns debout, les autres assis devant lui. Tous écoutaient avec attention. Certains essayaient de retenir tous ses propos et tous ses gestes. Certains étaient venus lui demander de coucher sur le papier les poèmes qu'il scandait pour qu'ils puissent les apprendre et les déclamer à leur tour, mais il avait refusé. C'étaient des choses dont il aurait usage longtemps et qu'il s'était donné bien du mal à apprendre. Certains lui avaient demandé de remettre ça, mais il avait toujours refusé de faire des concessions.

Dans les yeux de ses amis, il voyait la soif de divertissement. La poésie fluide et facile fascine toujours les enfants. Alors, il improvisa encore quelques vers. Mais ce n'était que le chant d'hommage au maître instructeur ; ça suffisait comme ça, les envolées ludiques. Et sans attendre il s'attaqua à l'ouverture évoquant le roi qui était le père des deux princes héros de l'histoire. Il y allait de sa voix claire en respectant le rythme de la flûte et du tambour qu'il n'entendait que dans son imagination. Sa voix était si puissante que les vaches s'étaient tournées pour le regarder.

Il n'avait pas encore évoqué les deux princes qui étaient les héros de l'histoire, mais les marionnettes des deux princes étaient prêtes et avaient une envie folle de sortir faire leur numéro. Il n'avait pas encore évoqué le Perroquet et le Vieux, mais le Perroquet et le Vieux avaient la bouche qui leur démangeait de se répandre en remarques désopilantes. Mais le tour du Perroquet et du Vieux ne viendrait sans doute pas avant que le soleil ait disparu. Il était temps de rentrer les vaches à l'étable. Pas question pour lui de continuer à jouer en dépit des objurgations de ses amis. Hors de question. Si ça se trouve, il ne jouerait pas non plus le lendemain. Il ne jouerait que quand il aurait envie de jouer. À présent, il se voyait dans l'avenir on ne peut plus clairement. Un jeune homme basané, beau gosse, sur une scène de montre de marionnettes, ruisselant de sueur dans la lumière d'une lampe-tempête, jouant une scène de théâtre d'ombres, insufflant la vie à des marionnettes qu'il aurait découpées dans de la peau de vache pour les rendre plus vivantes, avec au parterre des milliers de personnes prêtes à rire et à pleurer au gré des scènes qu'il choisirait, et sur la partie supérieure de l'écran carré il y aurait son nom, le sublime montreur de marionnettes. Ça, c'était l'avenir. Il s'éclaircit la gorge, et les quelques vers suivants furent pour évoquer la capitale où se déroulait l'action.

Et c'est alors que, d'un antre secret au sein de la terre sous le tamarinier géant pourrissant qui gisait là, un cobra de sexe femelle pointa la tête au comble de la colère. Son corps était gros comme la cuisse d'un homme mûr. Son dos était d'un noir d'encre, son ventre blanc strié de gris. La nuit allait bientôt tomber. Ça faisait longtemps qu'elle attendait de sortir de son antre en quête de nourriture, mais tout ce vacarme au-dessus de son nid, bruits de pas sur le sol, bruits de corps qui remuent, rires, éclats de voix du récitant, ne semblait devoir jamais prendre fin. Elle s'était faufilée en surface pour voir de quoi il retournait à plusieurs reprises déjà, dardant sa langue bifide à coups précipités. Des petits d'hommes, tous ennemis dangereux et couards, tous munis de bâtons en bambou. Encore heureux qu'ils n'aient pas de chiens avec eux. C'étaient là les ennemis qu'elle s'efforçait toujours de fuir, mais, même dans la fuite, la dignité était de mise : elle rampait toujours avec une lenteur gracieuse, exprimant le mal absolu de toutes les parties de son corps par la fluidité nonchalante de sa reptation. Elle faisait confiance à ses crocs et à son venin. Ces parages étaient son domaine. Son nid et les fougères au-dessus de son nid, elle les gardait jalousement. Sur ce tamarinier pourrissant, à la nuit tombée, elle rampait souvent pour s'étirer et jouir du vent. Que ces petits d'hommes violent son territoire l'emplissait de fureur. Les œufs près d'éclore dans son nid faisaient qu'elle ne craignait rien ni personne et qu'elle était prête à risquer sa vie pour eux. Se montrer de la sorte était en soi une déclaration de guerre et, du tréfonds de son instinct, elle était prête à guerroyer de toutes les façons, sans faire de quartier. Elle était prête à frapper.

En un clin d'œil, elle dressa son corps long de quatre mètres, encensant l'air de la tête, capuchon déployé, toute sa puissance en ébullition, son sifflement menaçant fort comme un chant de mort. Elle entendit les petits d'hommes détaler en tous sens avec des cris confus. Elle entendit les vaches filer comme des bolides, oreilles grandes ouvertes, queue dressée, yeux révulsés. Des petits d'hommes, il ne restait plus qu'un devant elle, à présent. Celui-là même qui était assis sur le tronc d'arbre au-dessus de l'entrée du nid. Celui-là même qui était à l'origine du vacarme qui jusqu'alors s'était poursuivi sans discontinuer. Celui-là qui était la proie choisie par elle depuis le début. C'était un petit d'homme contrefait, au bras droit atrophié, aux doigts de la main droite roides, à l'épaule droite difforme et chétive. Les six marionnettes de chaume gisaient en désordre à ses pieds. Quand le serpent projeta son corps vers le haut à nouveau, le petit d'homme se dressa d'un bond lui aussi. Les yeux du petit d'homme se révulsèrent, sa bouche béa, pleine du vacarme d'un silence assourdissant. Il était trop terrorisé pour prendre la fuite. Il était tout à son jeu. Les cris des autres petits d'hommes pour l'alerter sonnaient comme dans un rêve. *Fuis, mais fuis donc, Patte Folle ! Fuis !* Mais le corps du petit d'homme devant le gros serpent était un bloc solide incapable de bouger. La furie du serpent ne fit qu'augmenter. Il se dressa plus haut encore. Sa tête se rétracta vers l'arrière comme un arc tendu à l'extrême. Sa gueule s'ouvrit grande, révélant des crocs recourbés et luisants. Le vent continuait de souffler en rafales. Le bas du disque solaire touchait la ligne d'horizon. Esseulées, des génisses bramaient en réclamant leur mère. Un milan planait haut dans le ciel, lançant un long cri suraigu d'affamé tandis qu'il faisait demi-tour pour regagner son aire inaccessible. Le cri du milan n'avait pas pris fin que le serpent frappait de toutes ses forces.

À la distance d'un bras seulement, l'enfant au bras invalide ne vit que quelque chose qui fondait sur son visage. Il eut seulement conscience que le serpent allait le mordre. Il ferma les yeux, se rejetant en arrière. C'était une conscience aiguë, totale. Il pensa ensuite, Douleur, mort, douleur, mort, peur, et puis c'est fini. Tout ça, ce n'étaient que des mots. Et il se vit se tordant de douleur sur la glaise des champs immenses dans la clarté des étoiles, à l'agonie sous l'effet du venin et puis mort, devenu esprit tourmenté, gardien des lieux. Le vent le balaierait sans qu'il n'en ait plus conscience. Et il pensa encore, Papa, maman, mémé Plapplueng, le révérend père Tiane, la rizière, les vaches, et il vit tout ce à quoi il pensait. Il se souvint même dans l'ultime seconde d'avant la mort du nom de chacune de ses bêtes, et il fut pris d'une tristesse et d'un regret irrépressibles. Mais sans s'en rendre compte, il avait tendu la main gauche en avant, les doigts écartés, bloquant le cou du serpent en train de frapper. Il eut l'impression que sa main lui était arrachée. Le bras de ce côté-là tressauta et devint gourd jusqu'à l'épaule. Il assura sa prise alors que les crocs du serpent n'étaient qu'à quelques millimètres de sa gorge.

La violence du choc le fit vaciller et perdre

l'équilibre. Il trébucha sur une branche du tamarinier qui cassa net et tomba. Son visage heurta un nœud du tronc de plein fouet. Le serpent, ayant échoué dans son attaque et le cou pris dans un étau, s'enroula aussitôt autour de lui. En un clin d'œil, il s'entortilla autour de son bras gauche, se lova autour de son corps, bras droit compris, et de ses jambes. Mais le bras gauche continuait de se projeter vers l'extérieur et d'étreindre le cou du serpent fermement, maintenant la gueule à distance. Sa résistance et ses efforts pour se dégager rendirent le serpent fou de rage. Il se contracta davantage, gueule ouverte en un rictus de crocs, agita son cou énorme pour tenter de se libérer. Mais l'enfant estropié crispa ses doigts encore plus fermement. Le serpent continua d'essayer de frapper en dépit de la situation dans laquelle il se trouvait. Il essayait de piquer la main et réussit presque à lui planter ses crocs dans le bras. Quand l'enfant augmenta la pression de l'étau de ses doigts, le serpent augmenta la pression de l'étau de son corps. Les corps du serpent géant et de l'enfant estropié roulaient en une lutte confuse sur le sol. Les feuilles de bambou sèches fusaient, arbustes et broussailles cassaient avec des claquements secs. L'enfant estropié savait seulement que, quoi qu'il arrive, jamais au grand jamais il n'accepterait de retirer sa main gauche du cou du serpent. Le serpent savait seulement qu'il devait frapper son ennemi ne serait-ce qu'une fois ou, s'il ne parvenait pas à frapper, rallier toutes ses forces pour étouffer son ennemi jusqu'à ce que mort s'ensuive.

Pendant le corps à corps, la tête du serpent ne se trouvait qu'à deux ou trois pouces de son visage, si proche que la bête percevait l'odeur de sa respiration et entendait les battements de son cœur, et l'enfant voyait la gueule hideuse de tout près, sentait son musc écœurant, et sa terreur et sa stupeur n'en étaient que plus vives. La pression du serpent faisait qu'il avait de la difficulté à respirer et une douleur sourde se propageait dans tout son corps. Le froid étrange du corps du serpent et le glissant de ses écailles répugnantes faisaient battre son cœur à grands coups désordonnés. Il se rendait bien compte que personne n'était en mesure de l'aider. Il ne songeait pas à appeler au secours. Il se débattait, essayant de se relever, car être allongé au sol le mettait en position de faiblesse. Le serpent eut beau accentuer ses contractions, il parvint à se redresser sur les genoux. Et en appuyant la tête du serpent contre le tronc pourri du tamarinier, il réussit à se remettre debout. Il transpirait des pieds à la tête. Il ne savait pas encore qu'il était blessé au-dessus de l'arcade sourcilière droite et à la bouche, du fait de sa chute contre le nœud de l'arbre mort. Il avait seulement une odeur de sang dans les narines. Il cracha. Il ne pouvait pas voir la couleur du crachat, mais l'odeur et le goût lui firent savoir que c'était du sang. Il cligna des yeux. La sueur qui coulait dans ses yeux les irritait et troublait sa vision.

Le ciel était immense et vide. L'horizon au couchant était toujours d'un rouge sombre bien que le soleil ait déjà disparu. Ses huit vaches n'étaient pas rentrées à l'étable. Elles se tenaient debout hésitantes en masses sombres dans les champs. Les autres petits bouviers avaient bien essayé de les faire rentrer à l'étable mais elles n'avaient rien voulu savoir, sans doute parce que la Plaine, la meneuse, était têtue et que les autres, du coup, se montraient têtues elles aussi. Elles s'inquiétaient pour lui. Elles savaient qu'il lui était arrivé quelque chose de pas ordinaire et elles l'attendaient, beuglant, meuh, meuh, meuh. Il compta ses vaches par la force de l'habitude. Toutes présentes. Cela lui redonna du cœur au ventre. Il se mit à marcher à pas lents vacillants en direction de ses vaches. L'étreinte du serpent l'empêchait de marcher normalement. Le ciel s'obscurcissait de plus en plus. Les rafales de vent devenaient de plus en plus fortes. L'étoile du berger était déjà visible, une faible lueur blanche pulsant dans le ciel au couchant. Les huit vaches formaient un groupe confus, continuaient de meugler, meuh, meuh, meuh, l'appelant, lui, leur seigneur et maître. Il marcha vers elles, se rapprochant, se rapprochant de plus en plus. Les huit vaches avaient les oreilles béantes, les yeux écarquillés, la queue relevée. Il ne pensait pas que ses vaches puissent l'aider. Il pensait seulement que la nuit était venue, que les vaches auraient dû rentrer à l'étable. Il pensait qu'il devait les y reconduire, même si le serpent géant ne voulait pas le relâcher. Plus proche encore. Les huit vaches respiraient nerveusement, secouant la tête, mais quand elles le virent clairement, elles ne le reconnurent pas. Ce n'était ni son aspect ni son odeur habituels, auxquels elles s'attendaient. Aussi s'enfuirent-elles paniquées dans la direction opposée, filant vers le village.

Il se tint debout immobile, regardant son troupeau de vaches disparaître dans l'obscurité grandissante du soir. Il se tint debout, hésitant, en reprenant son souffle. Il devrait aller trouver son père et sa mère. Il savait bien qu'en ce moment son père et sa mère n'étaient pas à la maison, mais au monastère, à scier du bois pour le révérend père Tiane qui avait entrepris de réparer les vieilles cellules de moine qui bordaient le champ mortuaire. Ça faisait plusieurs jours que son père et sa mère aidaient le révérend père Tiane à scier du bois et ils rentraient toujours très tard, quand ils ne passaient pas la nuit dans le pavillon principal. Son père et sa mère pourraient l'aider. Le révérend père Tiane pourrait l'aider. Comment ? Il n'en savait trop rien. Il s'inquiétait de la maison. Il s'inquiétait de ses vaches. Mais qui voir d'abord ? Son père et sa mère, ou le révérend père Tiane ? D'où il se trouvait, le monastère était bien plus proche que sa maison. À pas lourds et lents, il prit donc le chemin charretier, chaque pas une épreuve infinie, en direction du monastère.

Quand il pénétra dans l'enceinte du monastère, les sept ou huit chiens rassemblés dans la cour du sanctuaire se mirent à aboyer et fondirent sur lui, firent cercle en aboyant furieusement et en montrant les crocs. Il n'y prêta pas attention, ne pressa ni ne ralentit le pas, son regard trouble fixé droit devant lui. Les chiens cessèrent d'aboyer dès qu'ils eurent une vue précise du magma qu'il formait avec le serpent géant. Ils se mirent à geindre, oreilles basses, queue basse, chacun d'eux collé au sol, s'entreregardant. Quand il eut fait quatre ou cinq pas de plus, un des chiens se mit à hurler à la mort et les autres chiens se mirent à hurler à leur tour comme s'ils voyaient des fantômes. Sous l'auvent du sanctuaire et entre les solives du pavillon principal, des pigeons enroués redoublèrent de cris et s'enfuirent à tire-d'aile, s'avertissant les uns les autres du danger possible de cette chose jamais vue. Il regarda en direction de la rangée de cellules de moine dans l'obscurité, regarda les massifs d'arbres de toutes tailles, regarda la rangée de *bullet wood* qui bordait le plan d'eau du monastère, et il regarda les stoupas et les stèles.

Personne. Il entendit une scansion de prières au loin. Il décida de monter sur l'esplanade du temple. Tout était plongé dans une obscurité totale. La seule lumière provenait de la chapelle. Là-bas, la douce lueur de cierges pulsait et une forte odeur d'encens se dégageait. Là-bas, le révérend père Tiane, en compagnie de quatre vieux bonzes et de deux novices, était en train de réciter les prières vespérales d'une voix basse et grave. Il s'arrêta et contempla la scène, le regard fixe comme un somnambule. Le révérend père Tiane l'aiderait sans doute d'une façon ou d'une autre. Mais vu qu'il était en train de prier, le déranger serait inconvenant. Ce serait une offense. Si le révérend père Tiane, les autres bonzes et les novices le voyaient dans cet état, que se passerait-il ? Ils pousseraient des cris, leurs cheveux se dresseraient et, perdant la tête, ils prendraient leurs jambes à leur cou. Si tel était le cas, cela porterait tort au cérémonial religieux sacré et lui, qui en serait la cause, commettrait une faute grave.

Aussi décida-t-il de ne pas déranger le révérend père Tiane et de ne pas attendre.

Il redescendit de l'esplanade du temple, passa devant le campanile, tourna à gauche avant d'atteindre le pont enjambant le canal devant le monastère et marcha le long du canal entièrement asséché. De grands arbres jalonnaient la berge. Il poursuivit sa lente progression, tourna et prit en direction de son père et de sa mère qui étaient en train de scier du bois sur un espace en terre battue près du champ mortuaire. Il entendait le bruit de la scie de loin. Il vit son père et sa mère de loin grâce à la lumière d'une lampe carcel accrochée à une branche de banian. Son père et sa mère : un couple de campagnards tout entier pris par le rude ouvrage devant eux. Son père portait un ample pantalon de coutil noir noué serré à la taille. Il ne portait pas de chemise. Son corps brun, puissant et trapu était couvert de sueur. Sa mère portait un long sarong noir et une chemise noire à manches longues. Sa mère était solide comme un homme dans la fleur de l'âge. Son sarong et sa chemise étaient aussi trempés de sueur. Tous deux se trouvaient de part et d'autre d'une énorme bille de bois et s'aidaient à la scier en cadence, poussant et tirant à tour de rôle. Les hurlements des chiens dans la cour devant le sanctuaire se poursuivaient, lugubres. La lumière du carcel révélait les racines enchevêtrées du banian en ombres fantasques ainsi que la morgue et les fosses communes pas très loin.

L'enfant infortuné se dirigea vers son père et sa mère. Il essaya de les appeler. Papa ! Maman ! Mais les mots ne passaient pas. Il n'avait pas le cœur à crier. Son père et sa mère étaient tout à leur labeur. Il s'approcha davantage. Il ruisselait toujours de sueur. Le sang ruisselait toujours de ses blessures. Ses yeux étaient grands ouverts au point de se révulser. Ses cheveux quillaient en tous sens. Le serpent géant continuait de comprimer son corps compulsivement et il continuait de maintenir fermement le cou du serpent dans l'étau de sa main. C'est dans cet état qu'il apparut dans la clarté de la lampe carcel devant ses parents. Sa mère le vit d'abord. Elle ne dit rien. Elle ne se mit pas à crier. Elle se contenta de se figer, lâcha la scie et le désigna de la main. Du coup, son père s'arrêta lui aussi et regarda dans la direction qu'elle indiquait. Il sursauta. Ses mains se projetèrent en l'air en un geste qu'il ne lui avait jamais vu. Et quand sa mère terrorisée détala en direction du monastère, son père décampa aussi sec après elle. La grande scie resta coincée dans la bille, les extrémités de la lame oscillant lentement, comme si elle aussi était terrifiée.

Il coupa à travers le champ mortuaire et prit la piste charretière en direction du village, s'étonnant de ne pas trembler de frousse pendant qu'il longeait la morgue et les fosses communes. D'ordinaire, il ne se risquait jamais ne serait-ce qu'aux abords du champ mortuaire, même en plein jour. Les hurlements des chiens continuaient de se répondre. Les râles des pigeons se poursuivaient. Mais il progressait à pas pesants à travers le champ mortuaire sans broncher. Ce à quoi il était affronté était autrement plus terrifiant que des fantômes.

Son père et sa mère avaient sans doute filé alerter le révérend père Tiane à la chapelle. Sans doute devaient-ils à présent haleter, le visage et le corps couverts de sueur, bras et jambes couverts de sciure, profanant l'atmosphère sacrée de la chapelle. C'était là quelque chose d'inconvenant. C'était une offense. La prière avait dû s'interrompre. Et cette nuit son père et sa mère coucheraient sans doute encore une fois au monastère. Ni l'un ni l'autre n'avait donné le moins du monde l'impression de l'avoir reconnu. S'il leur arrivait de penser à lui, ils se disaient sans doute qu'à cette heure il était à la maison, à mener à bien les tâches qui lui incombaient : rentrer les vaches à l'étable, leur apporter de l'eau, de quoi manger et des brassées de chaume sec pour leur litière, et après ça faire bouillir le riz et préparer un repas simple ; une fois le repas terminé, écouter la radio allongé sur le lit ou aller faire un tour au village, jouer quatre ou cinq parties d'échecs avec ses amis, et puis rentrer, se doucher, se mettre au lit. Lui-même à l'heure actuelle se voyait accomplissant ces activités. Il poursuivit sa marche jusqu'à ce qu'il atteigne la piste charretière. Entre le monastère et le village, il n'y avait que rizières, étendues de brousse et tertres d'herbes folles sur une distance de trois kilomètres. C'était une nuit sans lune. La piste était d'un blanc blafard dans la clarté des étoiles.

Le sang continuait de couler de sa blessure à la bouche, ce qui l'obligeait à cracher de temps en temps, et le sang continuait de couler de sa blessure à l'arcade sourcilière. C'étaient des blessures plus profondes qu'il ne le pensait. Le sang cesserait de couler s'il recevait les premiers soins, mais pour l'instant sang et sueur se mêlaient, entraient dans les yeux et coulaient le long du visage. Le serpent semblait de plus en plus lourd et de plus en plus glissant. Par-dessus tout, il y avait son odeur, qui semblait de plus en plus fétide, au point qu'il en avait la tête qui tournait. Quel âge pouvait-il bien avoir ? Cinquante ans ? Quatre-vingts ans ? Cent ans ? Quelle était la taille de son partenaire ? Plus grosse que la sienne ? ou à peu près la même ? De quoi pouvait-il bien se nourrir d'ordinaire ? D'oisillons, de grenouilles, de rats, de poissons, de lièvres, d'autres serpents et de veaux nouveau-nés ? Est-ce qu'il avait déjà tué des gens ? Combien de personnes ? Est-ce qu'il allait le manger lui aussi une fois qu'il l'aurait mordu ? Ou est-ce qu'il se contenterait de filer ? Il regarda sa gueule, ses mâchoires. S'il pouvait les ouvrir en grand, il pourrait le gober très lentement en commençant par la tête et peu à peu le comprimer et l'avaler tout entier. Son venin devait être rudement mortel, non ? Quel effet ça fait de se faire avaler vivant ? Quel effet ça fait de se faire mordre par un serpent ? Ça doit être une souffrance horrible, et ça doit gonfler là où on se fait mordre. Et son venin doit vous engourdir fatalement. Combien il faut de minutes pour mourir quand on est piqué par un cobra ? C'est vrai ce qu'on dit que plus un cobra est vieux moins son venin est nocif ? Mais même si son venin n'était pas si nocif que ça, il n'était absolument pas question pour lui de se laisser piquer.

Plus il faisait noir, plus il se trouvait à l'écart de toute vie humaine, plus son sang coulait, et plus le serpent semblait plein de vitalité et déterminé à en finir. Pour lui, la victoire était à sa portée. Les battements irréguliers de son cœur, sa respiration haletante et irrégulière, l'odeur fade de son sang qui embaumait et le défiait l'excitaient sans doute au plus haut point. Il avait l'air terrible et assoiffé de victoire au plus vite. Lors de la traversée d'un ruisseau à fond sableux dont l'eau n'arrivait qu'à la cheville, le serpent se contracta autour de lui de toutes ses forces, le faisant vaciller et quasiment tomber. Sous cette pression immense, il avait l'impression que ses os se brisaient. Il se força à résister coûte que coûte, essaya d'écarter les jambes pour les libérer, raidit son corps pour rester debout sans bouger, aspirant l'air à grandes goulées. Pas question pour lui de tomber. Il savait bien que, s'il tombait, il n'aurait jamais l'occasion de se remettre debout. Avant qu'il ait pu faire un nouveau pas, le serpent lui broya derechef le haut du corps pour se libérer et pouvoir le mordre à coup sûr. Mais il lui rendit la pareille en lui agrippant le cou encore plus fort et en écartant davantage sa tête. Le serpent l'étreignit plus fort encore, plus violemment que jamais, si bien que son cœur faillit cesser de battre et qu'il en eut le souffle coupé. Un os du côté de sa colonne vertébrale et son coude droit craquèrent presque en même temps. Son bras gauche fatiguait. Il serra les dents, écarquilla les yeux et il jura en silence, *Salopard, bête immonde, être nuisible, je t'aurai !* Mais ces jurons l'affaiblissaient, car à la vérité il s'était mis à penser à retirer sa main du cou du serpent et à s'avouer vaincu. Il s'aperçut qu'il était de beaucoup préférable de ne pas jurer. Il reprit sa marche, son corps voûté et comme rapetissé.

Le serpent géant se contracta furieusement une nouvelle fois alors qu'ils passaient devant l'autel de la Mère Sacrée au bord du réservoir, comme s'il savait que son nid se trouvait à proximité, mais il lui serra le cou de toutes ses forces pareillement. Il sentit que c'était la première fois qu'il forçait la pression au point que ses doigts encerclaient pratiquement le cou du serpent et que les os du serpent se broyaient dans sa main. Mais ce n'était peut-être qu'une idée qu'il se faisait. Il savait bien que le serpent n'était pas mort car il était toujours contracté autour de lui. Le bout de sa queue qui entourait sa jambe gauche continuait de battre. Il regarda sa gueule, la partie supérieure de son corps enroulée autour de son bras gauche, passant sous son aisselle gauche et ceignant son épaule droite et son bras droit dans la même quadruple étreinte le long de son tronc, avec encore un autre anneau autour de ses hanches, et ce n'était pas fini : le reste de son corps se faufilait dans l'entrejambe et s'enroulait autour de sa jambe gauche jusqu'aux environs du mollet. De ce fait, l'essentiel du poids du serpent portait sur sa gauche, ce qui le faisait dériver sans cesse vers la gauche alors qu'il progressait le long de la piste charretière. Il devait s'obliger à marcher droit. Le sang de sa blessure à l'arcade sourcilière continuait de couler et le goût salé et musqué du sang persistait dans sa bouche et dans ses narines. Il crachait et, même s'il ne pouvait rien voir, il savait que du sang était mêlé à sa salive.

Le serpent géant était tout contre lui. Il n'avait jamais imaginé une telle promiscuité. Il n'en avait pas eu la moindre prémonition, ni en rêve ni dans la réalité. Où se trouvait son cœur ? Comment se faisait-il qu'il ne pouvait pas sentir les battements de son cœur ? Et son venin, il était de quelle couleur ? Blanc comme du lait ou jaune comme une topaze ? Combien de kilos pesait-il ?

Cinquante ? Soixante ? Soixante-dix kilos ? Il n'en avait aucune idée. Mais il était certain qu'il pesait davantage que lui. Il avait rencontré toutes sortes de serpents dans sa vie de campagnard, mais jamais d'aussi énormes que celui-ci. Il n'osait se demander si c'était un serpent ordinaire ou le serpent de la Mère Sacrée. C'est qu'il était apparu devant l'autel de la Mère Sacrée, non ? Cette pensée lui donna l'impression qu'il n'avait plus de force dans les genoux et qu'il était englouti dans une mer sans fond. De nouveau le serpent l'étreignit avec force, mais pas si fort que ça, et puis sa force diminua mais, pour sûr, pas au point de se dégager et de le libérer, lui. Il était clair qu'il ne pensait pas épargner la vie de son ennemi. Il était clair qu'il agissait par instinct et que, s'il avait pu parler, il lui aurait retourné ses propres paroles : *Salopard, bête immonde, être nuisible, je t'aurai !*

Et alors qu'il se remettait en marche, oh si lentement si péniblement, il se remémora des histoires étranges et terrifiantes de serpents. (À vrai dire, il n'avait aucune envie de s'en souvenir, mais le fait est qu'il ne pouvait les oublier.) C'était son père qui les lui avait racontées – pas pour lui faire peur mais pour qu'il fasse attention en présence d'un serpent. Son père lui avait raconté qu'une fois, alors qu'il était un jeune homme de dix-huit ans – c'était pendant la saison froide et l'eau dans les champs en se retirant avait laissé des mares de toutes tailles où une multitude de gros poissons se retrouvaient prisonniers –, par une nuit de saison froide, tandis qu'il rentrait à pied du monastère où il avait assisté à une séance de théâtre populaire, il avait entendu un bruit pas ordinaire. On aurait dit que quelqu'un était en train d'écoper sa rizière. Mais à ce moment-là il était minuit. Qui donc serait aussi entreprenant ? Ce bruit provenait d'un trou d'eau dans la brousse non loin du réservoir où, depuis, Songwât avait établi son autel à la Mère Sacrée. Son père avait assuré la gaffe dans sa main et s'était approché de la source du bruit à pas de loup. Ce qu'il avait vu alors lui avait coupé le souffle. Un grand cobra noir de suie long d'environ quatre mètres se servait de sa tête pour passer par-dessus une branche en aplomb du trou d'eau et se servait de sa queue pour s'accrocher à une autre branche sur le bord opposé et balançait son corps sans discontinuer pour faire partir l'eau du trou et pouvoir en manger les poissons. Son père s'était contenté de s'éloigner à reculons sans faire de bruit. L'enfant au bras estropié, lui, se contenta de se demander si le grand serpent que son père avait rencontré n'était pas le même que celui qui était enroulé autour de lui à présent.

Son père lui avait aussi raconté que, lorsqu'il avait vingt et un ans et qu'il faisait son service au camp militaire de la province, tous les vendredis en fin d'après-midi il avait une permission pour rendre visite à sa grand-mère maternelle qui était toute seule à la maison au village. Pour cette randonnée à travers champs qui le faisait arriver un peu avant l'aube, il n'avait pas d'autre arme qu'une serpe à long manche à la lame bien affûtée. Une nuit, dans la brousse, il s'était soudain trouvé face à face avec un cobra de deux mètres de long. Ils n'étaient séparés l'un de l'autre que de la longueur d'un bras. Le cobra s'était dressé en se dandinant, son capuchon s'était gonflé, sa tête avait pris un peu de recul et, avec l'assurance de la mort, il avait frappé sans attendre. Son père avait fauché l'air de sa serpe par pur réflexe. Le sang du serpent avait giclé et l'avait éclaboussé au visage et il avait vu le corps sans tête se tordre sur le sol. Il était resté debout à regarder avec effroi les soubresauts de la bête. Il s'en était fallu d'un rien qu'il y laissât la vie. Et par curiosité, il s'était mis à chercher dans les abords immédiats la tête du serpent qui avait disparu dans la clarté de la pleine lune. Son poing continuait d'étreindre la serpe aiguisée maculée de sang. Il avait cherché tant et plus. Avec l'exaltation de son âge, il voulait trouver la tête du serpent pour avoir un souvenir de cet instant où il avait failli être tué par lui. Il l'avait cherchée longtemps puis avait fini par se faire une raison et avait repris sa marche, non sans regret. Il marchait depuis un moment quand il avait senti que quelque chose n'allait pas. Quelque chose était accroché au revers d'une poche de sa vareuse, quelque chose de froid, de gluant et de puant. Son père avait pris la chose et l'avait décrochée. C'était la tête du serpent. Ses crocs s'étaient plantés dans l'étoffe à un doigt à peine de sa gorge.

Son père lui avait encore raconté que, trois mois seulement après sa naissance, une après-midi de la saison des pluies, il était sorti vider l'eau de la parcelle aux semis. Alors qu'il rentrait, il avait vu un cobra gros comme son bras dans une étendue d'herbe à éléphant. C'était un cobra pas très gros mais véloce. Il s'était emparé du premier bâton venu et l'avait frappé de toutes ses forces. Le bâton s'était cassé et le serpent avait disparu dans l'herbe folle sans demander son reste. Quant à son père, il était rentré à la maison, avait fait du feu dans l'étable pour chasser les moustiques, avait mangé, s'était baigné et s'était couché, oubliant tout à fait le serpent en question. En pleine nuit, il s'était réveillé en sursaut à cause d'un bruit insolite, le bruit mat de quelque chose qui tombait sur le sol, suivi d'un silence, et puis ce bruit de nouveau. Il avait regardé son fils qui n'avait que trois mois à l'époque et qui dormait à poings fermés sur son petit coussin, avait regardé sa femme qui dormait de l'autre côté du matelas, à poings fermés elle aussi. Il avait saisi la torche électrique, avait descendu à pas de loup les marches et s'était dirigé vers la source du bruit. Il avait allumé la torche et avait vu sur le pilotis de la maison soutenant le coin où tous trois dormaient un cobra de la taille de son bras, avec une blessure au milieu du corps qui indiquait qu'il s'agissait du cobra qu'il avait bastonné quelques heures plus tôt. Le cobra essayait de grimper le long du pilotis, mais au bout de trois coudées, il avait glissé et était retombé sur le sol avec ce bruit mat qui avait alerté son père. Et, sans se soucier de la lumière de la torche braquée sur lui, le voilà qui s'était remis à grimper. Ce qui montrait bien que ce serpent était tant bien que mal venu de l'endroit où il avait été frappé, qu'il avait suivi son père en dépit de sa blessure afin de se venger, de lui rendre la monnaie de sa pièce à l'aide de ses crocs. Son père lui avait dit qu'à la vue du serpent il avait été pris de picotements des pieds à la tête. Il avait dit que le serpent ne voulait peut-être pas seulement sa mort mais celle de sa femme et de son fils aussi. Il avait dit qu'il avait tué le serpent sans la moindre difficulté, mais que la crainte qu'il avait des serpents venimeux s'en était accrue d'autant.

Son père lui avait dit encore que les cobras sont les plus dangereux quand ils s'accouplent. S'il rencontrait des cobras en train de s'accoupler, surtout qu'il déguerpisse sans attendre. Ils s'arrêteraient net de s'accoupler et se mettraient à poursuivre quiconque violait leur intimité. Son père avait dit encore que, lorsqu'il avait vingt-cinq ans, il avait tué un cobra de façon inhabituelle et cruelle. Il l'avait tué parce qu'il avait mordu un parent à lui qui cherchait des pousses de bambou dans les bosquets au bord du canal d'irrigation. Il était en train de couper une pousse tout près de son nid quand il avait été piqué au mollet et il était mort sur le coup, la faucille qui lui servait à couper les pousses toujours à la main. C'était un serpent femelle. Quand son père avait décidé de la tuer pour se venger, elle venait de pondre un œuf. Son père avait dit à ses amis de faire un grand feu sur la grand-place du village et de l'entretenir pour qu'il brûle bien. Quant à lui, il s'était rendu faucille à la main auprès du bosquet de bambou le long du canal. Il avait forcé la femelle à quitter son nid en faisant un petit feu à proximité, ce qui l'avait rendue folle de surprise et de colère. Son père s'était servi de la faucille pour éventrer le nid à toute vitesse, s'était emparé de l'œuf, avait jeté la faucille et s'était mis à courir comme un dératé. Quand elle avait vu son œuf disparaître, la femelle s'était lancée à sa poursuite à travers les rizières où la moisson venait juste d'être faite, dans une lumière diffuse, bondissante et pulsée. Son père, pourtant dans la force de l'âge, courait au péril de sa vie. La femelle rampant au ras du chaume gagnait sur lui. La distance entre eux ne cessait de diminuer. Quand il vit que le serpent s'était rapproché au point que cela devenait dangereux pour lui, car il commençait à faiblir, il avait enlevé son chapeau et l'avait jeté puis s'était arrêté pour se reposer. Il avait pu le faire parce que le serpent s'était provisoirement désintéressé de lui pour à sa place frapper et mordre encore et encore le chapeau. Et il s'était passé un certain temps avant qu'il comprît que le chapeau n'était pas son véritable objectif et se remît à poursuivre son père derechef. Son père avait dit que ce jour-là il avait dû s'arrêter pour se reposer pas moins de trois fois, la première en jetant son chapeau, la deuxième en jetant le pan d'étoffe qu'il nouait toujours à sa taille et la troisième en jetant sa chemise noire de paysan. Après avoir attaqué sauvagement ces objets, le cobra femelle se remettait chaque fois à sa poursuite. Son père était complètement à bout de souffle et à bout de force quand il avait atteint le brasier qui flambait sur la place du village. Il avait jeté l'œuf de serpent, qui était d'un blanc aveuglant et un peu plus petit qu'un œuf de poule, dans le brasier et il avait regardé avec des yeux que la sueur faisait démanger la femelle suivre l'œuf dans le brasier sans hésiter puis se tordre et se tordre encore avant de finir calcinée.

Ces histoires l'affaiblissaient physiquement et le faisaient trembler. Ses jambes étaient d'une lourdeur de plomb. Son bras gauche était d'une lourdeur de plomb. Sa paume et ses cinq doigts aussi. Son corps semblait d'autant plus voûté et comprimé sous le poids écrasant du serpent. Que se passerait-il s'il retirait sa main du cou du serpent et laissait les choses suivre leur cours ? En ce moment, tout ce qu'il ressentait n'était qu'amertume et aversion. Il n'aurait pas du tout redouté ce serpent si seulement il avait pu se servir de son bras droit aussi. Il était prêt à lutter avec lui et se sentait capable de lui briser les os froidement. Ce ne serait peut-être pas une victoire facile, mais il pensait que, si seulement son corps était normal, il finirait par en venir à bout. Il essaya de remuer son bras droit. Dans sa détresse, il espérait toujours un miracle. Rien ne se produisit. Son bras droit collé contre son corps par l'étreinte du serpent restait toujours aussi roide et dénué de force.

Il était proche du village à présent. Il continuait d'avancer en titubant le long de la piste charretière, une piste qu'il connaissait bien. Quelle heure pouvait-il bien être ? Huit heures, huit heures et demie du soir ? Sans doute pas encore neuf heures. Tout autre jour à cette heure-ci, il aurait rentré les vaches à l'étable, les aurait abreuvées et nourries et lui-même aurait mangé et pris sa douche et il se prélasserait sur le lit en écoutant la radio, attendant neuf heures et demie pour écouter la pièce radiophonique du groupe Kèofâ qui interprétait *Djoulâtrîkoune* de Panom Tiane, et qui avait atteint un épisode passionnant qui plus est... Mais cette nuit, tout était différent.

Sa maison se trouvait à l'orée du village. Il atteignit l'esplanade sur laquelle elle était bâtie et s'immobilisa sous le tamarinier. Sa maison était une vieille maison de style traditionnel thaï d'un seul étage. Elle était plongée dans l'obscurité et le silence et semblait abandonnée. Pourquoi était-il rentré chez lui ? Parce qu'il ne savait où aller. Pourquoi était-il revenu au village ? Parce qu'il ne savait où aller. À vrai dire, il avait ses raisons. Il était rentré chez lui parce qu'il se faisait du souci pour ses vaches. Il était revenu vers le village parce qu'il espérait qu'un villageois ou un autre pourrait l'aider, même s'il n'avait aucune idée de comment il le pourrait. Il se dirigea vers l'étable sans essayer de s'en approcher trop ou de se montrer, se contentant d'observer depuis la meule de foin. Il compta. Il y avait le compte. Un de ses amis avait dû reconduire ses vaches à l'étable et leur donner à boire et à manger. Dans l'étable, elles étaient à leur place habituelle. Toutes étaient attachées comme il fallait. Le portail de l'étable était bien fermé. Cela le soulagea beaucoup. Il s'engagea alors sur le chemin qui menait au village.

Tout le village était plongé dans l'obscurité et le silence. Des chiens aboyaient sur son passage et puis se taisaient. Les rafales de vent étaient toujours aussi fortes. Dans le ciel, les étoiles scintillaient par milliers, par millions. Le sang continuait de s'écouler de sa blessure au-dessus de l'arcade sourcilière, baignant son sourcil, son œil, sa joue et son cou, mais l'odeur de sang dans sa bouche et ses narines avait pratiquement disparu. Il vit des lumières de torches et entendit des bruits de voix en provenance de la salle commune du village. Aussi se dirigea-t-il par là. Sans doute que ses amis avaient dit à tout le monde ce qui lui était arrivé. Et c'était bien comme il se disait. Presque tout le village était réuni là et les gens se consultaient. Certains disaient qu'ils allaient retrouver son père et sa mère au monastère et leur faire part du triste événement. D'autres disaient qu'ils allaient sortir le chercher dans les champs et trouver le moyen de lui venir en aide s'il n'était pas trop tard. Sur l'immense esplanade sous les manguiers aux troncs énormes autour du grand et vieux pavillon de style thaï, il y avait aussi bien des hommes que des femmes, des vieux que des enfants, debout, assis, accroupis en groupes informels. La lueur des torches révélait des visages et des yeux apeurés ou inquiets ou impudents ou incrédules ou curieux. Dans les mains des hommes, il y avait des armes, couteaux, serpes ou bâtons, pistolets ou fusils. Quand tout ce monde-là le vit apparaître sortant de l'obscurité entouré du serpent géant, on se mit à se bousculer sans même s'en rendre compte. Le brouhaha cessa d'un coup. Quand il s'approcha, on se mit à reculer avec des exclamations vibrantes de stupeur et de crainte. Un homme se mit à genoux et se prosterna. Songwât, bien sûr. Et puisque Songwât agissait ainsi, d'autres, plusieurs autres, se mirent à faire de même. Et quand Songwât dit d'une voix forte et rauque, *Le voici donc, le serpent de la Mère Sacrée du village ! La Mère Sacrée se sert de son serpent pour punir ceux qui l'insultent,* l'enfant au bras estropié vit que les gens acceptaient cette explication et y croyaient. Son visage maculé de sueur et de sang, ses yeux écarquillés au regard dur, ses cheveux hirsutes dressés comme une couronne d'épines, son corps ligoté par les anneaux du serpent le changeaient du tout au tout. Il se tenait immobile, légèrement penché sur la gauche. Là-haut les étoiles continuaient de briller. Du sud-est, le vent soufflait en rafales toujours aussi violentes. Autour de sa jambe gauche à la hauteur du mollet, la queue du serpent continuait de battre lentement. Un chat-huant passa, poussant un long cri aigu avant de disparaître dans la nuit. Il ne disait rien. Il ne parvenait pas à dire qu'il était venu jusqu'ici pour obtenir de l'aide. Il ne parvenait pas à dire qu'il voulait remercier celui qui avait fait rentrer ses vaches à l'étable à sa place. Aucun d'entre eux ne dit rien non plus pendant un long moment.

Finalement, un homme d'âge mûr, tenant un fusil à la main, s'approcha de lui à pas circonspects, le chien de l'arme relevé, le doigt sur la gâchette. Cet homme observa l'enfant et le serpent de près, de face, de gauche, de dos et de droite, les examinant avec crainte. D'autres hommes firent de même, mais on voyait bien que la taille immense du serpent leur en imposait, et ils se mirent à se consulter une nouvelle fois. (Bien entendu, avec quelques mots de commisération aussi.) Est-ce qu'on pourrait pas à nous tous le prendre par le cou et l'attraper par la queue pour l'obliger à relâcher son étreinte ? Est-ce qu'on pourrait pas le tuer d'un coup en l'attrapant par la tête et en lui sectionnant le cou d'un coup de couteau bien affûté ? Mais si on essayait de le détordre, le serpent ne s'en contracterait que davantage et l'enfant pourrait mourir étouffé, non ? Est-ce qu'on pourrait pas le tuer une bonne fois en l'attrapant par le cou et en lui faisant sauter la tête d'un coup de fusil ? Mais si on faisait comme ça, le serpent ne s'en contracterait que davantage et l'enfant pourrait mourir étouffé, non ? Il fallait se décider, et vite, sur la meilleure façon de procéder, sur qui allait se porter volontaire, qui allait s'y mettre le premier, sans oublier, surtout, qu'on avait affaire à un serpent venimeux.

Alors Songwât se mit en avant. Il se contrôlait bien désormais, audacieux, impérieux et s'exprimant d'un ton froid. Depuis qu'il était devenu médium, il était persuadé que, quoi qu'il fasse, ce qu'il faisait était plus correct que ce que les autres faisaient et que, quoi qu'il dise, ce qu'il disait était toujours plus correct que ce que les autres disaient. Il savait pertinemment qu'il était le chef spirituel du village. Tout le monde savait quel était son pouvoir, et lui mieux que quiconque. Quand il parlait, tout le monde devait écouter. Et à présent il parlait, il parlait lentement et clairement, il parlait en accentuant chaque mot : *Ceci est le serpent de la Mère Sacrée du village. Les gens d'expérience et de bon sens s'en rendent compte au premier coup d'œil. Quiconque portera la main sur ce serpent devra en subir les conséquences. Ce gamin a toujours tout fait pour insulter la Mère Sacrée, au point qu'elle ne peut plus le lui pardonner. La punition qu'il subit, autant dire que c'est encore trop peu. Laissez la volonté de la Mère Sacrée s'accomplir. Telle est mon opinion. Par respect pour la Mère Sacrée, que personne n'ait d'opinion différente.*

Songwât s'approcha de lui, plus près qu'aucun autre ne l'osait. Il le regarda droit dans les yeux jusqu'au tréfonds. Il lui rendit son regard sans la moindre crainte. Dans les yeux du médium, il vit le sourire de la victoire. Il était le seul à savoir que c'était la victoire d'un maître imposteur. Il sut désormais que sa requête à la Mère des Eaux lors du dernier Loï Kratong, qu'il cesse de haïr Songwât et que Songwât cesse de le haïr, était sans espoir. Du coup, toutes les particules de son corps n'eurent plus la moindre force.

Il détourna la tête, fit un pas de côté. Les gens l'entouraient à distance prudente. La lumière des torches éclairait son corps contrefait tout voûté et les écailles d'un noir mat du serpent. Il se sentait faible au point de n'en plus pouvoir. Il savait qu'il n'obtiendrait l'aide de personne désormais. Et dans la même seconde, après qu'il eut poussé de toute la force de ses poumons un cri strident et long, il ouvrit sa main gauche et lâcha le cou du serpent, exhala un soupir et baissa la tête en signe de défaite.

La tête du serpent retomba, tout son corps s'affaissa : il était mort. Personne ne savait depuis quand. Quand on s'entraida pour dénouer ses anneaux et dégager l'enfant, cela se fit sans problème. Tout le monde était encore horrifié et sidéré par la taille colossale du serpent, et les commentaires allaient bon train. Mais l'enfant estropié ne s'intéressait à personne ni à quoi que ce soit. Ses yeux étaient vitreux. Parfois il souriait. Parfois il éclatait de rire. Parfois il pleurait. Parfois il marmonnait pour lui tout seul des choses incompréhensibles. Il avait totalement perdu la raison à partir du moment où il avait décidé d'accepter sa défaite.

Du même auteur

L'Ombre blanche
Portrait de l'artiste en jeune vaurien
*traduit du thaï par Marcel Barang*
*Seuil, 2001*

RÉALISATION : PAO ÉDITIONS DU SEUIL
IMPRESSION : NORMANDIE À LONRAI
DÉPÔT LÉGAL : JUILLET 2001. N° 50139-2 (011714)